AF178943

Ich seh den Baum noch fallen

Gekürzte Fassung in Einfacher Sprache

Spaß am Lesen Verlag
www.einfachebuecher.de

Diese Ausgabe ist eine Bearbeitung des Titels *Ich seh den Baum noch fallen* von Renate Bergmann.
Lizenzausgabe mit Genehmigung der Rowohlt Verlag GmbH, Hamburg
Copyright der Originalausgabe © 2017 by Rowohlt Verlag GmbH, Reinbek bei Hamburg

Text in Einfacher Sprache: Sonja Markowski

© 2021 | Spaß am Lesen Verlag, Münster

ISBN 978-3-948856-77-9

Renate Bergmann

Ich seh den Baum noch fallen

noch fallen

Gekürzte Fassung in Einfacher Sprache

Schwierige Wörter, Ausdrücke aus dem Berliner Dialekt und einige Fantasie-Wörter von Renate Bergmann sind <u>unterstrichen</u>. Die Erklärungen stehen in der Wörterliste am Ende des Buches.

Inhalt

Vorwort

Guten Tag.
Hier schreit Renate Bergmann.

Huch!
Ich meine natürlich „schreibt". Nicht „schreit".
Da sehen Se es mal wieder:
Man muss so aufpassen!
Nur ein falscher Buchstabe
und schon kommt Quatsch dabei raus.

Als würde ich rumschreien!
Ich weiß, was sich gehört.
Immer zurückhaltend. Unauffällig.
Nicht wie die Berber!
Das ist diese vorlaute Dame aus meinem Haus.
Die brüllt über drei Etagen hinweg,
dass ihr Junge Döner mitbringen soll.
Jamie-Dieter heißt er.

Aber jetzt bin ich schon beim Plaudern.
Ich muss mich ja erst mal vorstellen.
Sonst meckert das Fräulein vom Verlag
wieder mit mir.

Also:
Mein Name ist Renate Bergmann.

Ich bin 82 Jahre alt.
Vierfache Witwe.
Aber die Rente für Witwen kriege ich nur ein Mal.
Ich wohne in Berlin-Spandau.
In einem Mietshaus mit sechs Parteien.

Bald ist ja wieder Weihnachten.
Na ja, eigentlich ist ja immer bald Weihnachten.
Kaum hat man den Baum abgeschmückt,
geht es schon wieder los.
Nach Geschenken Ausschau halten,
Birnchen von der Lichter-Kette kontrollieren ...

Im Frühjahr muss man schon
die Gans beim Bauern bestellen.
Und im August liegen die Lebkuchen im Geschäft.
Irgendwann werden die Marzipan-Kartoffeln
in der Sonne hart.
Und dann ... ist das Jahr wieder rum.
Als ob die Zeit mit den Fingern geschnipst hat.
Auf einmal sitzt die ganze Sippe wieder
an der Festtafel.

Ist das bei Ihnen auch so?
Die Leute machen sich verrückt.
Von wegen Besinnlichkeit.
Jeder erzählt nur,
wie lange er an der Kasse gewartet hat.

Der Kater spielt mit dem Lametta, und man denkt:
„Ich seh den Baum noch fallen!"

Müssen Se schmunzeln?
Dann sind Se hier richtig.
Ich habe Ihnen ein paar kleine Geschichten
aufgeschrieben.
Die drehen sich alle um das schönste Fest.
Das Fest der Liebe und der Familie.
Weihnachten ist doch der Höhepunkt des Jahres.
Das müssen Se zugeben.
Na gut. Vielleicht abgesehen vom Besuch
des englischen Prinzen-Paares.
Aber dazu kommen wir noch.
Warten Se es nur ab.

Haben Se viel Vergnügen beim Lesen!

Ihre Renate Bergmann

Das Jahr geht so schnell um

Kirsten will Weihnachten die Tarot-Karten legen.
Tarot ... ist das so was wie Rommee?

Ich sage immer:
Nach dem Weihnachtsfest
ist vor dem Weihnachtsfest.
Im Januar geht es ja gleich weiter!
Alles ist abgewaschen.
Der Konfekt-Vorrat ist aufgefüllt.
Man will ja immer was im Schrank haben.
Falls Besuch kommt.

Und ich mache mich ran ans Geschenk-Papier.
Ich streiche es glatt und lege es auf die Seite.
Genauso wie das Schleifen-Band.
Man wird ja meist ausgelacht dafür.
Aber die Leute haben die schweren Jahre
nach dem Krieg nicht erlebt!
Die ehren den Pfennig nicht.
Und den Cent auch nicht.
Nee, die kaufen lieber irgendwelchen Kram.
Man muss im Kleinen anfangen zu sparen.
Geschenk-Papier ist ein guter Start.

Ich kaufe auch das Jahr über
schon immer Geschenke.

Wenn ich ein Angebot sehe.
Wissen Se, im September ist man zu spät.
Dann geht das schön ins Geld!
Besser kauft man ab und zu was Kleines.
Dann merkt man das nicht so im Geldbeutel.

Für Norbert habe ich das Geschenk
schon seit Sommer liegen.
Norbert ist der Hund von Gertrud, wissen Se.
Das ist meine beste Freundin.
Norbert hörte einfach nicht auf zu wachsen.
Er ist ein Dober-Schnauzer.
Jetzt geht er ihr bis zur Brust.

Für Norbert habe ich einen Gummi-Hasen gekauft.
Das hat einen Grund.
Passen Se auf.
Das muss ich Ihnen erzählen!

* * *

Also, wir waren bei Gunter.
Das ist Gertruds Lebens-Abschnitts-Gefährte.
Er wohnt ein bisschen raus aus Berlin.
In so einem baufälligen Haus mit Garten.
Norbert kann da schön toben.
Und Gertrud und ich haben gut zu tun,
wenn wir da sind.

An einem Sonnabend machten wir gerade
Steintöpfe sauber.
Für die Einlege-Gurken.
Gunter hat so eine Wasser-Pumpe.
Da machen wir das immer.
Plötzlich stand Norbert vor uns.
Mit einem toten Kaninchen.
Ganz zerzaust und sandig war das arme Tier.
Und ohne Zweifel mausetot.
Mir wurde leicht unwohl.

Gunter guckte zum Grundstück seines Nachbarn.
„Der hat jetzt wohl eins weniger", brummte er
und kratzte sich die Bartstoppeln am Kinn.
Stellen Se sich mal vor:
Der olle Zausel rasiert sich nur einmal die Woche.
Na ja.

Wir schimpften also mit Norbert.
Aber wissen Se, Tier ist Tier.
Die müssen eben jagen.
So wie Männer kurzen Röcken nachgucken.
Zum Glück waren die Nachbarn nicht da.
So konnten wir zügig handeln.

Ich schüttelte den Sand vom kaputten Hasen.
Gunter holte eine Schüssel mit Wasser.
Mit ein bisschen Herren-Haarwäsche drin.

Wir wuschen das Tier, rubbelten es trocken
und föhnten es.
Ja, da staunen Se.
Aber ich sage Ihnen:
Ich habe oft „Aktenzeichen XY" gesehen.
Mir grauste es nicht.
Der Hase sah aus wie neu.
Also, neu tot.
Frisch gestorben.

Gunter ist dann rüber zu den Nachbarn.
Er hat das Tier wieder in den Stall gelegt.
So sah alles ganz unverdächtig aus.
Als wäre das Tier im Schlaf gestorben.
An einem Herzschlag oder so.
Jedenfalls nicht an einem Hundebiss.

Gegen Abend kamen die Nachbarn zurück.
Gertrud und ich waren immer noch
mit den Gurken beschäftigt.
Wir guckten immer mal rüber.
Unauffällig natürlich.

Der Nachbar versorgte gleich seine Kaninchen.
Wir hielten die Luft an.
Da kam er schon mit dem toten Tier aus dem Stall.
Er kratzte sich am Kopf.
Norbert machte laut „Wuff".

Gertrud streichelte ihn beruhigend.
Der Nachbar lief ins Haus und holte seine Frau.
Jetzt standen sie beide vorm Stall
und schüttelten die Köpfe.

Gertrud und ich machten weiter
an den Gurken herum.
Nach einer Weile kam der Nachbar an den Zaun.
Ob er einen Schnaps haben könnte.
Und ob er konnte!
Ich bitte Sie.
Ohne Korn geht eine Renate Bergmann
nicht aus dem Haus!

Er nahm einen kräftigen Schluck.
„Stellt euch mal vor", fing er an zu erzählen.
„Gestern ist mein guter Hase eingegangen.
Ich habe ihn heute Morgen verbuddelt.
Hier, hinter dem Strauch.
Und jetzt liegt der in seinem Stall.
Wie frisch gebadet.
Er riecht sogar nach Herren-Haarwäsche.
Ich bin doch aber nicht verrückt?
Ich weiß doch, dass ich den eingegraben habe!"

Einen verdammt langen Moment war es still.
Ich war kurz davor, laut loszulachen.
Aber ich konnte mich gerade noch beherrschen.

„Gib mir auch mal einen Korn!", sagte ich.
Norbert bellte.
Gertrud und Gunter erklärten,
dass sie nichts gesehen haben.

Nee, ich sage Ihnen.
Uns war das sehr unangenehm.
Gertrud gab den Nachbarn einen Topf Gurken.
Und ich streichelte Norbert.
Wir hatten den armen Hund ja verdächtigt.
Zu Unrecht!
Dafür sollte er zu Weihnachten
einen Gummi-Hasen haben.
Das Ding kaufte ich gleich am nächsten Montag.

* * *

So kaufe ich eben das ganze Jahr
die passenden Geschenke.
Sehe ich was Hübsches?
Ab in mein Weihnachts-Fach!
Wehe, mir geht da einer ran!
Das sind ja Überraschungen!
Sogar die Lisbeth darf da nicht ran.
Das ist die Tochter von meinem Neffen Stefan.
Die wird jetzt drei.
Die ist wie ein Sack Flöhe.
Immer auf Entdeckungs-Tour.

„Oma Nate Lala!", ruft se
und steht vor meinem Schrank.
Dann zeigt se auf das obere Fach.
Da habe ich immer ein Stück Schokolade drin.
Und das weiß die ganz genau.
Sie ist so pfiffig!
Ich selbst darf ja nichts Süßes.
Ich habe Zucker.

Die Meiser wohnt ja auch bei mir im Haus.
Ende vierzig. Kurzes dunkles Haar.
Eine merkwürdige Person.
Na ja, jedenfalls lacht die mich aus,
weil ich beizeiten an die Festtage denke.
Da sind se alle gleich, die jungen Dinger.

Und die Berber bestellt ja immer im Interweb.
„Das ist billiger", sagt sie.
„Man muss nicht schleppen
und keinen Parkplatz suchen."
Wissen Se, was das Schlimmste ist?
Die glaubt wirklich, was sie da erzählt.
Mit den Bestellungen läuft das ganz anders.
Das wissen wir ja wohl besser, oder nicht?

Was ich schon alles erlebt habe
mit den Päckchen-Boten …
Erst schicken se einem einen Imehl.

„Frau Bergmann", schreiben se.
„Morgen ist es so weit.
Stellen Se den Sekt kalt.
Ihr Paket kommt!"
Oder so ähnlich.

Dann sitzt man in der Küche und wartet.
Und was nicht kommt, ist der Bote mit dem Paket.
Meist kriegt man dann noch eine Nachricht
in der nächsten Nacht.
Da steht drin, dass se einen
nicht angetroffen haben.
Und dass se es am nächsten Tag
noch mal versuchen.
Da habe ich dann schon 200 Puls, sage ich Ihnen.

Oder sie schicken das Paket ans Postamt.
Nicht das um die Ecke natürlich.
Da arbeitet der hinkende Herr Hilpert.
Der grüßt immer so freundlich.
Nee, die schicken das an ein Postamt weit weg.
Dort, wo der Päckchen-Bote wohnt.
Dann kann der früh Feierabend machen.
Bis nach Pankow musste ich letztens raus.
PANKOW!
Denken Se sich das mal!
Das ist von Spandau über eine Stunde.
Mit der S-Bahn!

Beschweren kann man sich ja nirgends.
Wenn man anruft, kommt so ein Band.
Mit Hotten-Totten-Musik.
20 Cent pro Minute kostet der Anruf.
Ich bitte Sie!
Und dann kommt auch noch für jedes Päckchen
ein anderes Auto.
Mal die Post, mal ein blaues Auto.
Oder ein braunes.
Und dann noch der, der die Pizza liefert
und dann bei der Berber übernachtet.
Mann, da ist manchmal was los bei uns!

Die Fahrer klingeln oft bei mir.
Die denken natürlich:
„Die olle Oma ist sowieso zu Hause.
Die kann das Päckchen schon annehmen."
Das habe ich früher auch gern gemacht.
Aber das gab auch wieder Ärger.
Ich habe dem Fahrer die Päckchen manchmal
wieder mitgegeben.
Aber nur, wenn es der Berber nicht gepasst hätte.
Oder wenn ihr die Farbe nicht stand.
War ja nur gut gemeint!
Aber die musste sich natürlich aufregen.

Am meisten hat sie getobt,
als ich das unanständige Päckchen aufgem…

Also als das runtergefallen und aufgeplatzt ist.
Da war kein Absender drauf.
Dann ist da meistens Schweinkram drin.
Ich habe einen Blick dafür.
Und die Moral im Haus ist ja auch wichtig.

Was soll ich Ihnen sagen:
Da war ein Krankenschwester-Kostüm drin.
Größe 52.
Mit Strippen, Spitze und überall Schnüren.
Und so ein Elektrostab.
Aber ohne Rührstäbe.
Das Ding brummte nur.
Aber mixen konnte man damit nicht.
Keine Ahnung, was sie damit wollte.

Ich habe mir verbeten, diesen Schweinkram
ins Haus schicken zu lassen.
Getobt hat die Berber.
Sie war so wütend, dass ihre Kinne bebten.
Alle vier.

Einmal hat der Postfahrer das Paket
auf meinen Balkon geworfen.
Ich dachte, mir bleibt das Herz stehen.
Ich saß auf der Couch.
Da kam der Einschlag.
Ein lauter, dumpfer Knall.

Danach klirrte es.
War die Gießkanne vom Tisch gefallen!
Ich zuckte zusammen und rief um Hilfe.
Mir klopfte das Herz bis zum Hals.
Ich habe mein Pfefferspray geholt
und die Gardine weggezogen.
Der Fahrer war natürlich schon weg.
Und im Briefkasten steckte ein Zettel:
Paket liegt am verabredeten Ort.
Na, ich bitte Sie!

Dem habe ich am nächsten Tag aufgelauert
und was erzählt.
Das war kein Spandauer.
Ich kenne hier ja jeden.
Zumindest vom Sehen.
Ein Spandauer hätte so was auch nicht gemacht.

Oder sie legen das Päckchen in die Packstation!
Stefan sagt:
„Tante Renate, das ist das Richtige für dich.
Du bist so modern, mit Händi und Computer.
Und du bist nie zu Hause.
In der Packstation kannst du das Päckchen abholen,
wann es dir passt!"

Mir ist es egal.
Wissen Se, es kostet nichts.

Und wenn der Stefan es sagt?
Der Junge meint es immer gut mit mir.
Außer als er mir den Klingelton verstellt hat.
„Ding-dang-dong, wir öffnen Kasse vier für Sie!",
hatte er mir eingestellt.
Stand ich da im Supermarkt,
als ich auf dem Händi angerufen wurde.
Sie ahnen ja nicht, was los war.

Jedenfalls kriege ich immer einen SM,
wenn ein Päckchen da ist.
Da steht so eine Nummer drin.
Auf dem Parkplatz vorm Ärztehaus gehe ich
zu den gelben Kästen.
Da muss ich die Nummer eintippen.
Und dann geht ein Türchen auf.
Fast wie ein Advents-Kalender!

Na ja, der Fahrer könnte ja auch einfach klingeln.
Dann wäre der ganze Aufwand nicht nötig.
Und dann könnte man endlich
Rollator-Parkplätze beim Ärztehaus bauen.

* * *

Beim Fernsehen mache ich immer
ein bisschen Handarbeit.
Läuft ja eh nur Quatsch.

Ich häkele oder stricke Schals, Pullunder ...
und natürlich Topflappen!
Da freut sich jeder drüber.
Und auch über Baby-Mützchen.
Meine rutschen nämlich nicht.
Unter den jungen Muttis hat sich das
schon rumgesprochen.

Ich weiß immer gleich,
wann wieder eine schwanger ist.
Die grüßt dann ganz freundlich.
Natürlich hat die dann von einer Freundin
über meine Mützchen gehört.
Aber ich mach das ja gerne.

Ja, so bereite ich mich das ganze Jahr aufs Fest vor.
Im Sommer kontrolliere ich auch
die Birnchen an der Lichter-Kette.
Dann hat man noch Zeit, Ersatz zu besorgen.

Das ist übrigens auch so eine Sache:
Warum vermuddelt sich die Lichter-Kette immer?
Ich schmeiße die ja nicht einfach in den Karton!
Sie kennen mich ja ein bisschen.
Nee, ich lege alles vorsichtig zusammen.
Die Kugeln kommen in Seiden-Papier.
Ich habe sogar noch welche von Oma Strelemann.
Alle aus Glas.

Plaste kommt mir nicht an den Baum.
Bei mir hat jede Kugel eine Bedeutung!
Jedes Jahr auf dem Weihnachts-Markt
kaufe ich ein besonderes Stück.
Die hübsche rote mit dem Glitzer zum Beispiel.
Die ist aus dem Jahr,
in dem Gertrud ihre Zähne verloren hat.
Die waren in das Fass mit Eierpunsch gefallen.

Ja, so denkt man das ganze Jahr
ein bisschen an Weihnachten.
Und ab dem Sommer gehe ich nicht mehr
ohne Kalender aus dem Haus.
Dann fangen ja die ersten Kaffeerunden
für den Advent an.

Advent

Vater ist mit uns am vierten Advent immer
in den Wald gefahren.
Da haben wir den Weihnachtsbaum geschlagen.
Das können Se ja im Tiergarten nicht machen.

Den Beginn der Advents-Zeit
kann man ja nicht verpassen.
Um vier Uhr nachmittags muss man
eine Sonnenbrille tragen.
Wegen der Lichter-Ketten, die alle so hell flimmern.

Es wird jedes Jahr mehr!
Ganz Spandau sieht aus wie ein Rummel-Platz!
Früher gab es nur eine Kerze am ersten Advent.
Jeden Sonntag kam noch eine Kerze dazu.
Und am Heiligabend zündeten wir
die Lichter am Baum an.

Dann fing es irgendwann beim Fleischer an
mit der Weihnachts-Dekoration.
Erwins Imbiss-Stube hing einen Stern auf.
Und heute?
Überall blitzt und blinkt es.
Gleich nach Toten-Sonntag geht es los.
Ende November ist das.
Fehlt nur noch, dass einer ruft:

„Zusteigen bitte!
Halten Sie sich fest!
Es wird ein großer Spaß!"

Neulich war ja Toten-Sonntag.
Ich hatte auf vier Friedhöfen zu tun.
Vier Männer, vier Gräber.
In ganz Berlin verteilt.
Da weiß man am Abend, was man getan hat!
Aber ich will mich nicht beklagen.

Meine Herren kriegen am Toten-Sonntag
immer Blumen.
Da lasse ich mir nichts nachsagen.
Gerda Astmann kontrolliert das nämlich.
Die hatte nur einen Mann.
Bei ihr dauert die Grab-Pflege nicht so lange.
Danach läuft sie über die Friedhöfe.
Und danach erzählt sie auf den Weihnachts-Feiern,
wer keine Blumen aufs Grab gelegt hat.
Eine furchtbare Person!

Als ich vom Friedhof nach Hause kam, dachte ich:
Renate, heute zündest du dir mal eine Kerze an.
Auch wenn Advent erst nächste Woche ist.
Das ist so schön gemütlich, wissen Se.
Gegen eine Kerze zum Kaffee
kann keiner was sagen.

Später habe ich gleich die Filtertüte
zum Müll gebracht.
Die zieht nicht nur Frucht-Fliegen an.
Es muss ja nicht sein,
dass jemand die Dinger bei mir sieht.
Bei einem zufälligen Besuch oder so.
Und dass der Besuch dann der Doktern sagt,
dass ich nachmittags Bohnen-Kaffee trinke!
Die meckert nur wieder mit mir.

Wie ich also zum Müll gehe,
sehe ich hoch zu den Bergers.
Stellen die gerade ihren Schwib-Bogen ins Fenster!
Ich dachte noch: die sind früh dran.
Aber ich bin dann wieder hoch
und habe ferngesehen.

Aber dann!
Ich hatte mich gerade bettfertig gemacht:
Strumpfhose runtergerollt,
Nacht-Jäckchen angezogen
und Zähne ins Schälchen gelegt.
Da ging draußen die Sonne wieder auf.

„Nanu?", dachte ich.
„Das ist doch sonst nicht!"
Es flackerte so komisch.
Ich bekam einen richtigen Schreck.

Vielleicht war es die Polizei?
Oder ein Rettungs-Wagen?
Hier wohnen überall alte Leute.
Da muss man mit allem rechnen.
Also habe ich die Zähne wieder reingesetzt.
Man weiß ja nie.
Dann bin ich wieder ans Fenster.

Die Meiser guckte auch.
Die ist neugierig wie ein altes Waschweib,
sage ich Ihnen.
Wenn die Blaulicht sieht oder einen Leichen-Wagen,
schielt die immer gleich zu mir hoch.
Nicht weil sie sich Sorgen macht.
Nee, die will meine Wohnung.
Für ihren Bengel.
Die ruft die Haus-Verwaltung noch
vor dem Bestatter an.

Aber an dem Abend war kein Rettungs-Wagen
zu sehen.
Dafür eine Lichter-Kette von der Berber.
Rote, tanzende Lichter. Dazu blinkende Sterne.
Ich bitte Sie!
Das ist hier doch kein Puff für Rentiere!

Na, dann bin ich aber hoch.
Obwohl es schon zehn war.

Mit Zähnen und im Morgen-Mantel.
Sie hat eingesehen, dass es zu viel Geflimmer war.
Wir haben uns geeinigt.
Schließlich will ich den Frieden
in der Nachbarschaft nicht gefährden.
Die Lämpchen stellt sie ab neun aus.
So komm ich vernünftig in den Schlaf.
Ich hab mich auch weiter nicht aufgeregt.
Sonst schießt der Blutdruck hoch.
Und die Leute halten einen
für eine verbitterte alte Frau.

Es ist ein schwieriges Verhältnis
zwischen mir und der Berber.
Man muss sie gut im Auge behalten.
Sonst fangen andere an,
über unser ganzes Haus zu reden.
Meine Sorge legt sie allerdings als Neugier aus.

Oft sagt sie laut hässliche Dinge zu Frau Meiser.
Das macht sie nur, um mich zu ärgern.
Und weil sie denkt, ich würde lauschen.
Das stimmt natürlich nicht!
„Doris", sagte die Berber letztens zur Meiser,
„ich habe ein Raumspray gekauft
mit Rouladen-Duft!
Das versprühe ich am Sonntag.
Dann denkt die Alte, dass ich gekocht habe. Hihi."

Eine Frechheit.
Mit „die Alte" meint sie natürlich mich.
Dieses Luder.
So wird man hier veralbert.
Aber sagen kann man auch nichts.
Sonst denken die, man hätte gelauscht.
Aber davon lasse ich mir nicht
den Advent verderben.
Schließlich ist das die schönste Zeit des Jahres.

* * *

Es soll Leute geben,
die gekauften Christ-Stollen essen.
Da weiß man doch nicht, was drin ist!
Vielleicht Sägespäne statt Mandeln.
Oder Margarine statt Butter.
Nee, meinen Stollen mache ich selbst.
Der wird Ende November gebacken.
Dann kann er gut durchziehen.

„Wird der nicht trocken?", höre ich sie denken.
Dann kennen Se mein Rezept nicht!
Man muss nur genug flüssige Butter ranmachen.
Und die Rosinen müssen in Rum eingelegt werden.
Das ist ja klar.
Den Teig rühre ich immer in der Babywanne
von meiner Tochter Kirsten an.

Ich mache das immer zusammen mit der Ilse.
Die wohnt mit dem Kurt um die Ecke.
Ihre Küche ist größer.
Darum machen wir das immer bei ihr.

Und außerdem brauchen wir den Kurt.
Der muss uns immer den Teig durchkneten.
Das ist Männerarbeit.
Acht oder zehn Kilo Mehl ...
Ilse lässt Kurt immer Gummi-Handschuhe anziehen.
Wegen der Fingernägel, wissen Se.
Die Ilse ist eine Strenge.
Kurt sagt, die Nägel werden beim Kneten
von alleine sauber.

Aber Ilse besteht drauf.
Die Handschuhe sind von einem Tierarzt.
Der hat die früher bei Kälber-Geburten getragen,
wenn er dem Kalb aus der Kuh helfen musste.
Es ist aber ein frisches Paar Handschuhe.
Also machen Se sich da keine Gedanken.

Später stellen wir den Teig neben den alten Ofen.
Da kann er schön gehen.
Danach teilen wir ihn in Portionen
und formen ihn.
Nach dem Backen kommt flüssige Butter rüber.
Da darf man nicht sparen!

Und was die Doktern darüber sagen würde …
einfach nicht dran denken.
Der Stollen vom Supermarkt ist vielleicht
nicht so fett.
Aber da weiß man ja nicht, was man isst!
Lieber ein schmales Stück guter Stollen
als zwei Stücke staubigen Sand!

Seit zwei Jahren müssen wir gucken,
dass Kurt überhaupt Zeit zum Helfen hat.
Der singt doch jetzt im Chor.
„Spandauer Liedertafel 1893" heißt der Chor.
Im Dezember ist Kurt kaum noch zu Hause!
Bald jeden Abend brummen die
auf irgendeiner Weihnachts-Feier.
Und Beerdigungen kommen noch kurzfristig dazu.

Kurt wollte ja erst nicht.
Aber nach dem Singen gibt es immer
eine Runde Schnaps.
Seitdem Kurt das weiß, geht er gerne hin.
Und so ist er auch mal weg von der Ilse.
Das tut den beiden gut.
Ich würde ja nie was Schlechtes über die Ilse sagen.
Aber wenn man sie immer um sich hat …

Sie bürstet dem Kurt die Schuppen vom Kragen.
Sie fragt ihn, ob er austreten muss.

Sie schneidet ihm das Fleisch auf dem Teller.
Kurt kann das alles noch allein.
Aber er will keinen Ärger und lässt Ilse machen.
Ohne Ilse spricht er auch mal ganze Sätze!
Das macht er nur ganz selten, wenn Ilse auch da ist.

Kurt geht jedenfalls immer zuverlässig zum Chor.
Zu den Proben und zu den Auftritten.
Dafür verschiebt er sogar den Doktor!
Denken Se sich, Ilse musste zum Hautarzt.
Acht Wochen hat sie auf den Termin gewartet.
Und dann sagt Kurt ein paar Tage vorher:
„Ich kann dich nicht fahren.
Du musst den Termin verschieben.
Wir singen auf einem Begräbnis."

Ich glaube ja, ihm geht es gar nicht ums Singen.
Der Chor hat so einen Transporterbus.
Damit kutschiert die Chorleiterin
die Männer zu den Auftritten.
Der Kurt hofft jedes Mal, dass er mal fahren darf!
Darum ist er so eifrig.

Der Chor singt nicht nur für Verstorbene.
Sondern auch für die, die kurz davor …
Also auf Feiern von Senioren-Vereinen und so.
Die Chorleiterin kommt in der Advents-Zeit
kaum zum Schlafen.

Sie läuft auch ständig mit einem Schal rum.
Es zieht ja so in den Kirchen.
Und „in der Saison" darf man sich nicht erkälten.

Sie ist dann immer so hektisch,
dass sie schon mal was verwechselt.
Einmal hatte sie den Kinderchor ins Auto geladen,
als sie bei Kurt vorfuhr.
Da mussten sie sich was ausdenken.
Die Männer sangen
„Süßer die Glocken nie klingen".
Und eines der Mädchen hüpfte im Tutu dazu rum.
Wissen Se, das war in einem Senioren-Heim.
Da hört keiner so genau hin.
Die Alten wollen nur Kaffee.

Nee, Kurt ist fast nicht zu Hause im Advent.
Da hat Ilse erst ganz schön geguckt.
Und dann gibt es auch noch
die Sache mit den Unterhosen.
Ilse ist nämlich eine vorsichtige Frau.
Sie legt dem Kurt immer die Langen raus.
Die haben einen weichen Bund.
Und Eingriff.
Kein Mensch versteht,
was Kurt gegen die Dinger hat.
In den kalten Kirchen wird man schnell krank.
Und wenn Männer Schnupfen haben …

Dazu muss ich jetzt nichts schreiben.
Kennen Se selber.
„TMS": Tödlicher Männer-Schnupfen.
Die niesen dreimal und denken, dass sie sterben.
So sind die Männer.
Und Gertrud.

Gertrud ... die soll sein, wie se will.
Aber ich kann auf sie rechnen.
Letzten Dezember hat se mich wieder gerettet.
Der Ostwind hat gepfiffen.
Und ich hatte schlimme Schmerzen im Knie.
Man kann es sich mit 82 Jahren auch mal
gemütlich machen.
Die Gräber sind abgedeckt.
Alle paar Wochen Laub absammeln reicht.
Aber es gibt trotzdem so viel zu tun.

Wir hatten olles Schmuddel-Wetter.
Ich habe den halben Advent
den Hausflur geschrubbt.
Auf den Knien.
Die Bengels schleppen so viel Dreck rein.
Und wer muss das dann saubermachen?
Ja, das bleibt an Renate Bergmann hängen.

Kurz vor den Festtagen hatte ich
schlimme Schmerzen.

Eigentlich hätte ich zur Doktern gemusst.
Aber die kommt mir immer gleich
mit Blutabnehmen.
Ich bitte Sie!
Nach vier Weihnachts-Feiern?
Mit Stollen und Plätzchen?
Da gehe ich doch nicht zur Blutabnahme!
Die Frau Doktor kriegt es sonst am Herzen!
Und man muss ja auch ein bisschen Rücksicht
auf sie nehmen.

Darum bin ich zur Gertrud.
Die hat mir Salbe auf die Knie geschmiert.
Gertrud hat mehr Salben als eine Apotheke.
Sie sortiert sie erst nach Farben.
Dann nach Größe.
Und dann nach Haltbarkeit.
So richtig gut ist das System nicht.
Oft muss sie lange suchen.
Dann riecht oder leckt sie erst an den Tuben.

Meinen Knien hat die Salbe gegen Mückenstiche
gut geholfen.
Die kühlte so schön.
So waren die Knie gut versorgt.
Und Renate Bergmann war wieder fit!
Aber so schön der Advent auch ist:
Der Höhepunkt ist doch das Weihnachtsfest.

Weihnachten

Der Pfarrer will einfach nicht gehen.
Gertrud sagt: „Solange der hier ist,
gibt es keinen Schnaps."

Weihnachten feiere ich immer reihum.
Überall mal.
Nur nicht bei meiner Tochter.
Die heißt ja Kirsten
und ist Heil-Praktikerin für Tiere.
Und isoto... idio... eso... egal.
Also, sie ist noch Lebens-Beraterin.
Sie ist ein bisschen eigen.
Und die christlichen Werte des Festes
sagen ihr nichts.

Jahrelang hatten wir Streitereien.
Irgendwann hat es mir gereicht.
„Renate", habe ich mir gesagt.
„Das musst du dir nicht mehr antun."
Sie wollte keinen Baum und kein „Stille Nacht".
Gut und schön.
Aber dann hat sie auch noch „Sissi" abgeschaltet.

Atemübungen wollte sie mit mir machen!
Um meine Schackren oder so zu verbessern.
Da hat es mir gereicht.

Ich habe richtig gezittert.
So wie damals, als sie ihre weiße Strumpfhose
bemalt hatte.
So habe ich mich aufgeregt.
1972 genauso wie Weihnachten vor fünf Jahren.
Nicht mit Renate Bergmann!
Was zu weit geht, geht zu weit.

Ich lasse mir mein Weihnachten nicht versauen.
Nicht von einer Frau,
die Katzen Thermometer in den Po steckt.
Auch nicht, wenn es meine Tochter ist.

Danach habe ich erst mal einen Korn getrunken.
Kirsten ist in ihr altes Kinderzimmer gegangen.
Um zu meditieren.
Ich habe „Sissi" geguckt.
Danach haben wir uns ausgesprochen.
Wir waren ganz ehrlich und haben vereinbart,
dass wir Weihnachten nicht mehr miteinander feiern.

Seitdem geht es immer reihum.
Letztes Jahr zum Enkel meines ersten Mannes.
Eine reizende Frau hat er.
Und zwei nette Kinder.
Vorletztes Jahr war ich bei Gertrud.
Eigentlich sollte ich zu Stefan.
Aber dem musste ich absagen.

Stefan ist ein Neffe meines dritten Mannes Franz.
Wenn ich ihn sehe,
zucke ich manchmal zusammen.
So sehr sieht er Franz ähnlich.

Stefan kennt sich gut mit Computern aus.
Er arbeitet auch so was,
wo er den ganzen Tag auf die Tasten klopft.
Stefan hilft mir immer mit Computer
und Händi und so.
Ein feiner Junge.

Aber Weihnachten?
Wissen Se, ich kenne ihn.
Er sitzt da bestimmt mit so einer ...
wie heißt das Zeug vom Italiener mit Käse?
Pizza! Mit einer Pizza.
Und dann macht er Schieß-Spiele
auf dem Fernseher.

Ich kenne das schon.
Das war auf seinem Geburtstag auch so.
Ich hatte Blumen besorgt.
Wie es sich gehört.
Stand ich da nachmittags um drei vor der Tür.
Selbstgebackene Torte, hübsch angezogen.
Stefan guckte mich groß an.
Er war allein zu Hause und war überrascht.

Wir aßen dann die Torte.
Und später probierte ich
ein Stück Pusta ... also Pizza.
Die war gar nicht schlecht.
Aber der Käse klebte so am Gebiss.
Nee, für mich ist das nichts.
Ich musste also Stefan leider absagen.

Meine beste Freundin Gertrud
war in diesem Jahr wichtiger.
Sie hat am Heiligabend Geburtstag.
Da kann man nichts machen.
Sonst gratuliere ich immer nur kurz
und wir feiern dann im Januar.
Aber in dem Jahr wurde sie 80.
Das war was Besonderes.
An so einem Tag ist Renate Bergmann
für ihre Freundin da.

Wissen Se, es gibt ja so viel zu tun an so einem Tag.
Es kommt Besuch.
Die Blumen müssen ins Wasser.
Jemand muss frischen Kaffee brühen.
Likör-Gläser wegräumen und spülen.

Und Norbert ist ja auch noch da.
Ein junges, wildes Tier.
So groß wie ein Kalb!

Er springt einen immer an und will spielen.
Man kommt gar nicht dazu, sich zu unterhalten.

Und natürlich sollte der Kinderchor kommen.
Wenn jemand nicht ganz klar NEIN sagt,
kommt der Chor immer wieder.
Jedes Jahr.
Runder Geburtstag oder nicht.
An meinem 80. habe ich den Kindern aus Versehen
Katzen-Leckerli gegeben.
Darum will ich der Chorleiterin
lieber nicht begegnen.
Wenn ich sie zufällig sehe,
grüße ich natürlich freundlich.

Ich fuhr nach dem Mittagessen zu Gertrud.
Ilse und Kurt waren schon da.
Auf dem Sofa saßen Gertruds Ur-Enkelin
und der Herr Pfarrer.
Und zwischen ihnen Norbert. Am Tisch!
Ich wollte am liebsten wieder gehen.
Der Pfarrer spielte mit Norbert.
Bestimmt war er durcheinander.
Der musste doch um 19 Uhr die Christmesse halten!
Mir war das nicht recht, dass er da war.
Vor einer Weile hatte er mich
mit dem Händi erwischt.
Während des Gottesdienstes.

Ich begrüßte alle Gäste.
Wie es sich gehört.
Dann sah ich die Kaffeetafel.
Lauter verschiedene Teller und Tassen.
Ach, hätte ich bloß beim Tischdecken geholfen!
Gertrud hat keinen Geschmack.
Ihr Geschirr und Besteck hat sich
im Lauf von 60 Jahren angesammelt.
Wo man mit ihr hingeht, verschwindet ein Löffel
oder Teller in der Handtasche.
Wenn ich sie darauf anspreche, sagt sie:
„Na und? Ich gebe doch Trinkgeld!"

Auf der Dampfer-Reise ist es mir
zum ersten Mal aufgefallen.
Da hat sie so viel Besteck in die Handtasche
gesteckt, dass der Henkel abgerissen ist.
Ich habe so getan,
als würde ich Gertrud nicht kennen.
Geschämt habe ich mich!
Geschämt, sage ich Ihnen!
Woher sie das Messer von der Lufthansa hat ...
Das ist mir bis heute ein Rätsel.
Gertrud ist nämlich noch nie geflogen.

Der Pfarrer spielte immer noch mit dem Norbert.
Wild waren die beiden.
Und dann das Gekläffe!

Ich fühlte mich unwohl und wollte weg.

„Ilse, sollen wir Gertrud in der Küche helfen?", fragte ich.

Ilse verstand meinen Hilferuf.

Wir trugen das Kaffee-Geschirr rüber.

„Na, mein Ilsechen? Wie geht's?

War der Kinderchor schon da?", wollte ich wissen.

„Ja", antwortete Ilse. „MIT BLOCKFLÖTEN."

Dem Himmel sei Dank,

dass ich jetzt erst gekommen war.

„Es ging aber, Renate", sagte Ilse.

„Es ging. Sie haben nur zwei Strophen gesungen."

Gertrud schaltete sich ins Gespräch ein.

„Renate? Solange der Pfarrer da ist,

gibt es keinen Korn!"

Ich dachte, ich höre nicht richtig.

„Du erzählst sonst nur schmutzige Witze!", erklärte Gertrud.

Ilse grinste.

„Lass uns wieder ins Wohnzimmer gehen", schlug sie vor.

„Der Pfarrer soll nicht so lange alleine sein mit Kurt.

Vorhin haben sie über Jesus geredet.

Ob der nun am Kreuz gestorben ist

oder von den Russen erschossen wurde."

Ilse ging vor.
Im Wohnzimmer traute ich meinen Augen nicht.
Der Pfarrer saß auf Händen und Füßen
auf dem Boden.
Das linke Bein streckte er hoch.
Dazu machte er „Pisch-pisch-pisch".
Offenbar übten sie Gassi.
Norbert leckte ihm die Stirn.
Ich holte schnell das Händi raus
und machte ein paar Bilder.
„Das glaubt mir kein Mensch",
flüsterte ich Ilse zu.

Der Pfarrer wollte noch was trinken.
Gertruds Ur-Enkelin goss Brause mit Wodka
in ein Glas.
Beides in gleichen Mengen.
Es roch nach Gummi-Bärchen.
„Und ich darf keinen Korn trinken!", rief ich.
Ich konnte nur noch den Kopf schütteln.

Die Uhr ging schon auf vier.
Der Pfarrer war offenbar nichts gewohnt.
Er erzählte sich jetzt mit Kurt Witze.
Ich dachte an die Fotos auf meinem Händi
und lächelte.
Ein paar Witze schrieb ich gleich auf Twitter
und Fäßbock.

Da sieht man ja nicht,
dass man beim Schreiben rot wird.

Endlich klingelte es.
Schwester Hanna holte den Pfarrer ab.
Kurt lud sie noch zum Essen ein.
Aber das hörte sie wohl nicht,
weil Norbert so laut kläffte.

* * *

Wissen Se, Gertrud war früher Köchin.
Das heißt aber nicht, dass sie kochen kann.
Sie hat in einer Großküche gearbeitet.
Da gab es nur Pampe.
Auf ihren Festen kocht sie dann
hellen Schleim mit Klößchen.
Und das nennt sie Frikassee!
Manchmal bestellt sie Essen.
Bei einem Party-Service.

Wir hatten Pech.
Dieses Mal gab es Frikassee.
Wissen Se, ich koche auch gern alles weich.
Dieses „al dente" gibt es bei mir nicht.
Ich sage immer:
Bei mir gibt es „al alte Tante".
Ich mache diesen neumodischen Kram nicht mit.

Aber Gertruds Frikassee ...
Ich kann das gar nicht beschreiben.
Wie sie das macht, ist ihr Geheimnis.
Ich vermute, sie macht die Haut vom Huhn mit rein.
Keine gute Hausfrau tut das.
Aber Gertrud ... nun ja.

„Sag mal, Gertrud?
Wir sollten doch einen Korn bekommen,
wenn der Pfarrer weg ist?", sagte ich.
Ich musste ja meinen Magen vorbereiten.
„Nach dem Essen!", rief Gertrud.
„Dann stoßen wir an.
Auf die Gesundheit und zur Verdauung."
Sie wollte mir keinen Korn geben!
Musste ich halt mein Notfall-Fläschchen
aus der Handtasche holen.

Ilse und ich deckten den Tisch.
Wir suchten das schönste Besteck
und Geschirr zusammen.
Einigermaßen passend.
Gertrud stellte zwei große, randvolle Schüsseln
auf den Tisch:
Eine mit Reis und eine mit „Frikassee".
Norbert schnupperte kurz.
Er zog den Schwanz ein.
Dann stürzte er sich auf sein Trocken-Futter.

Nach dem Essen wurde es höchste Zeit
für die Bescherung.
Geburtstagskind Gertrud war
nicht mehr so wichtig.
Jetzt war Weihnachten!

Alle holten ihre Geschenke raus.
Die überreichten wir uns mit den Worten:
„Aber wir wollten uns doch nichts schenken!",
„Ach, das ist doch nur was Kleines!" und
„Du sollst doch nicht so viel Geld ausgeben!"

Für Gertrud hatte ich Mongscherrie.
Gertrud ist die Einzige, die das isst.
Wenn ich das geschenkt bekomme,
heb ich die Packung einfach auf für Gertrud.
Das ist schon recht praktisch.
Ilse freute sich über ein hübsches Seidentuch.
Kurt brummte zu den Socken:
„Ooch, die kann man immer gebrauchen."

Ich habe auch hübsche Geschenke bekommen:
Ein Seidentuch, Mongscherrie
und eine Strumpfhose.
Wir legten unsere Geschenke unter den Baum.

Ach, das ist auch eine Geschichte gewesen!
Wissen Se, der arme Kurt kauft

jedes Jahr drei Bäume.
Mindestens!
Erst dann ist Ilse endlich zufrieden.
Wir wissen nicht,
wonach Kurt die Bäume auswählt.
Vielleicht Mitleid.

Ilse macht dann jedes Jahr
einen richtig schönen Baum.
Aus zwei Bäumen.
Mit viel Fenster-Kitt und Angel-Schnüren.
Das dauert 14 Stunden.
Man darf sie dabei nicht ansprechen.
Sie macht dann ihre Lippen ganz schmal.
Und reden tut sie auch nicht.

Aber der Gertrud brachte Kurt plötzlich
einen hübschen Baum!
Ganz gerade gewachsen!
Was meinen Se, was da los war.
Ilse war richtig eifersüchtig!
Aber Kurt und Ilse haben sich
schnell wieder vertragen.
Es ist ja schließlich das Fest des Friedens.

Es wurde höchste Zeit,
zur Christmesse zu gehen.
Wir wollten ja die besten Plätze haben.

An Sonntagen sitze ich auch ganz vorn.
Steht mir wohl zu, nicht?
Es gab mal ein bisschen Gerangel mit Frau Bewert.
Die hat nicht nur ihren Rollator
auf meinen Stamm-Parkplatz gestellt.
Nee, die hat sich auch noch
auf meinen Platz gesetzt!
Na, die hat mich aber kennengelernt!
Nicht mit Renate Bergmann!
So nicht!

Weihnachten sind die besten Plätze
nicht ganz vorn.
Da will man ganz hinten am Gang sitzen.
So kann man jeden sehen,
der in die Kirche kommt.
Und an Weihnachten kommen se ja alle.
Auch die weggezogenen Kinder und Enkel.
Dann wissen Se gleich, wer schwanger ist.
Und auch, wer eine neue Freundin hat
oder einen neuen Mantel.
Darum sind wir lieber eine halbe Stunde früher da.
Dann sehen wir mehr als bei vier Kaffee-Kränzchen
und zwei Wochen Fäßbock zusammen.

Dem Pfarrer merkte man den Alkohol nicht an.
Die Christmesse war sehr schön.
Es waren nur nicht genug Gesangbücher da.

Ich gab meins einem Herrn eine Reihe vor mir.
Die Liedtexte habe ich dann auf dem Händi
im Internet rausgesucht.
Der Pfarrer guckte ganz böse.
Doch er sagte nichts.
Ich hob nämlich den linken Arm hoch.
Mit meinen Lippen formte ich leise
die Worte „Pisch-pisch-pisch".
Da zuckte der Herr Pfarrer aber zusammen!
Und er machte weiter mit der Messe.

Wissen Se, für mich ist das echt Weihnachten:
Ich höre die Weihnachts-Geschichte
von Josef und Maria.
Die Kerzen an der Tanne brennen.
Wir singen alle zusammen „Stille Nacht".
Und um mich herum sind Menschen,
die mir wichtig sind.

Das Gefühl kriegen se mit keinem Stress
und Streit kaputt.
Das ist der Kern von Weihnachten.
Den müssen wir uns bewahren.

Ich schaute allen in die Augen.
Sie hatten alle dieses Funkeln.
Das sagte mir, dass sie glücklich waren.
Später saßen wir bis um elf bei Gertrud.

Der Baum leuchtete.
Wir spielten „Mensch ärgere dich nicht".
Und ich bekam noch einen Korn.
Es war ein schöner Weihnachts-Abend.

Zwischen den Jahren

Heute Beerdigung.
Morgen Silvester.
Die Musik ist ein bisschen anders.
Aber der Kuchen ist vom gleichen Bäcker.

Zwischen Weihnachten und Neujahr
nimmt man sich alles Mögliche vor.
Aber das kann man ja gar nicht alles schaffen.
Und so nimmt man doch unerledigte Dinge
mit ins neue Jahr.
Letztens war es auch so.

Im Advent habe ich mit Ilse das Silber geputzt.
Das soll ja zu Weihnachten schön blinken.
Da fiel mir auf, dass das Schrankpapier
nicht mehr schön war.
Ich dachte mir:
Das mache ich zwischen Weihnachten und Neujahr.
Die ganze Schrankwand auswischen
und neues Schrankpapier rein.
Aber dann war Neujahr.
Und ich hatte es nicht geschafft.
Es war auch jeden Tag was!

Im Grunde bin ich eine gute Hausfrau.
Das müssen Se mir glauben.

Ich war auf der Bräute-Schule.
Fräulein von Braun war eine gute Lehrerin.
Die hat uns gelehrt, was sich gehört.
Wir lernten kochen, bügeln und Gänse schlachten.

Wissen Se, das war eine schwere Zeit
nach dem Krieg.
Damals wurden Gänse nicht nur gebraten.
Man hat nicht nur Brust und Keule gegessen.
Nee, da hat man das ganze Tier verwertet.
Auch der Bürzel wurde mitgebraten.
Und Opa kaute bei Tisch auf ihm rum.
Opa hatte nämlich keine Zähne mehr.
Er hatte zwar ein Gebiss.
Aber das drückte ihn.
Deshalb setzte er es nicht gerne ein.
Nur in der Kirche.

Mit Gebiss sah er ganz anders aus.
Nicht mal Oma erkannte ihn.
Die war nämlich auch eitel.
Darum setzte sie in der Kirche ihre Brille nicht auf.
Nee, ich sage Ihnen … die ollen Leute …

Aber wo war ich?
Ach ja, bei Opa.
Opa aß zum Bürzel immer ein paar Kartoffeln.
Und ein bisschen vom Rotkohl.

So wurde er trotzdem satt
und die Gans reichte für eine Person mehr.

Nach dem Schlachten wurden dem Vogel
die Daunen ausgerupft.
Daraus stopfte Oma schöne warme Decken.
Die waren so schwer,
dass wir uns kaum rühren konnten.
Aber es war kuschelig warm.
Und wir konnten nicht weg.
Wollte einer noch mal austreten,
mussten wir nach Muttern rufen.
Die befreite uns von der Decke.
Erst dann konnten wir auf den Nachttopf.

Ach ja, die gute alte Zeit.
Man vergisst die nicht so schönen Dinge
ganz leicht.
Aber es waren auch schwere Zeiten.
Wir machten das ja alles nicht,
weil wir es so schön fanden.
Oder weil wir für eine Weltreise sparten.
Wir brauchten jeden Pfennig!
Ja, damals hatten wir noch Pfennige.
Keine Cents.

Mutter hat früher zwischen den Jahren
keine Wäsche gewaschen.

Geschimpft hat sie,
wenn jemand Laken auf der Leine hängen hatte!
Ilse hält sich bis heute dran.
„Sonst kommt der Sensemann", sagt sie.
Gertrud glaubt das auch.
Aber die wäscht eh nur, wenn nichts mehr da ist.
Da kommt ihr so eine Ausrede ganz recht.

Ich glaube nicht daran.
Gerade nach Weihnachten hat man doch
so viel Wäsche!
Da stößt immer einer den Kaffee um.
Oder den Wein,
wenn wir „Mensch ärgere Dich nicht" spielen.
Ilse schummelt immer.
Dann wird Kirsten wütend.
Die ziehen sich schon mal an den Haaren.

Die Tafel-Laken müssen gekocht werden.
Und ohne vorher Einweichen kriegt man
die Flecken nicht raus.
Dann helfen auch keine Gallseife
und Wurzel-Bürste mehr.

Oder man hat Übernachtungs-Besuch gehabt.
Ja, soll man die Bettwäsche dann liegen lassen?
Nee, ich sage Ihnen ...
Wegen so einem Quatsch lasse ich mir nicht sagen,

dass ich keine gute Hausfrau bin!
Dummes Gerede, von wegen Sensemann.
Mein Walter war alt.
Franz starb auf einer Geschäfts-Reise.
Und bei den anderen beiden war Herbst.

Gertruds Gustav starb tatsächlich
kurz nach Weihnachten.
Ausgerechnet der.
Wo Gertrud doch zwischen den Jahren
nie wäscht!
Wir mussten das Laken unter Gustav
trotzdem wechseln.
Ganz knitterig war es.
Und nicht gestärkt.
Erst danach hat Gertrud
den Doktor und den Bestatter gerufen.
Was hätte das denn für einen Eindruck gemacht?

Ich gebe zu:
In dieser Zeit hänge ich die Wäsche
an die Leine von der Berber.
Oben auf dem Wäsche-Boden.
Die verirrt sich nur alle sieben Pfingsten dorthin.
Die spült alles auf 40 Grad durch.
Schnell-Wäsche.
Und dann kommt alles auf den Wäsche-Ständer
im Wohnzimmer.

Wundert mich nich, dass sie Schimmel hat.
Und dass es ihr untenrum juckt.
Jedenfalls merkt sie so nicht,
dass ich ihre Leine benutze.
Und wenn das mit dem Sensemann doch stimmt,
kommt er wenigstens nicht zu mir.
Und zur Berber wird er auch nicht gehen.
Die ist noch zu jung.

* * *

Früher blieb die Kirsten immer
bis ins neue Jahr zu Besuch.
Das war vor dem Streit wegen der Sissi-Filme.
Sie traf dann irgendwelche Freunde.
Und komische Frauen mit komischen Problemen.
Oder Langeweile.
Das Mädel denkt ja immer ans Geschäft.
Solche Frauen können neue Kundinnen sein.

Eine gute Freundin würde Kaffee-Trinken gehen
mit denen. Oder einkaufen.
Aber Kirsten verkauft denen gleich eine Therapie.
Ziegen streicheln, im Kreis sitzen
und Reis kochen.
Dann schwatzt sie denen gleich noch
eine Katze auf.
Die Katze muss dann auch gleich in Therapie.

Nee, Kirsten kommt nicht mehr
zu Weihnachten.

Manchmal fahre ich zu ihr ins Sauerland.
Das hat einen großen Vorteil:
Ich kann abreisen, wann ich will.

* * *

Zwischen den Jahren ist bei mir immer viel los.
Man muss dann immer dringend einkaufen.
Irgendwas fehlt ja immer.
Außerdem ist Sekt dann oft im Angebot.
Und meist sogar Korn.
Dann muss Kurt den Koyota starten.
Und dann geht es los.
Das müssen Se aber wissen!

An den Feiertagen gibt es ja meist gute Speisen.
Roulade, Gans, Schwarzwälder Kirschtorte.
Danach sehnt man sich nach einfachen Gerichten.
Wie Erbsen-Suppe.
Da muss ich los, um was vom Schwein zu kaufen.
Natürlich beim Fleischer um die Ecke.
Die trauen sich nicht, mich zu beschupsen!
Und die wissen:
Renate Bergmann bringt das Zeug wieder,
wenn es schlechte Ware ist.

Ja, die paar Tage vergehen wie im Flug.
Dann noch Friseur und Müllabfuhr.
Da muss man mittags eine halbe Stunde ruhen.
So anstrengend ist das alles.

Es muss auch noch Papierzeug erledigt werden.
Versicherungen und so.
Erhöhen, abbuchen …
Das muss man ja alles gut wegheften!
Und denken Se an die Sparbücher!
Zinsen gibt es ja kaum noch.
Aber die sollen mir wenigstens sagen,
dass es nicht weniger geworden ist.
Darüber muss man ja froh sein heutzutage.
Minus-Zinsen, ich bitte Sie!
Ich bringe mein Geld zur Sparkasse,
damit sie es aufheben.
Und wenn ich es wiederhaben will,
muss ich dafür bezahlen?
Da stimmt doch was nicht.

Ich traue denen nicht.
Mein Geld liegt jetzt ~~zwischen den Tischdecken im Wohnzimmer-Schrank~~.*

*Diese Bemerkung ist absichtlich durchgestrichen!
Anmerkung der Redaktion*

Zwischen den Jahren schaut man gern zurück.
So ein Jahr vergeht schnell.
Nach dem Gänse-Braten hole ich
meine Fotokiste raus.
Die nenne ich Schatz-Kästchen.
Auch wenn sie schon ganz abgewetzt ist.

Viele Bilder sind schwarzweiß und vergilbt.
Manche vor Wut zerrissen.
Oder von Tränen aufgeweicht.
Einige habe ich mit Klebeband heile gemacht.
Aber alle sind Zeugnisse einer schönen Zeit.

Stefan und seine Freundin wühlen gerne mal mit.
Manchmal muss ich Geschichten erfinden.
Sie müssen ja auch nicht alles wissen. Hihi.
Letztens meinten die beiden:
„Schade, dass man heutzutage
so wenig Fotos entwickeln lässt."

Ja, alles ist nur noch auf dem Händi.
Oder auf dem Computer.
Sind Se doch mal ehrlich:
Wer guckt sich das in 20 Jahren noch an?

Oder die Leute, die alles auf Fäßbock hochladen.
Die kleine Lisbeth ist jetzt drei Jahre alt.
Weiß die später noch das Passwort vom Stefan?

Gewiss.

Man muss mit der Zeit gehen.

Und eine Renate Bergmann verweigert sich da
bestimmt nicht.

Ich habe mich damals vom Kohle-Bügeleisen
auf elektrisch umgewöhnt.

Und jetzt habe ich eine Halterung fürs Händi
am Rollator!

Aber trotzdem lasse ich jedes Jahr
die schönsten Bilder entwickeln.

Nur Papier ist geduldig.

Stefan hilft mir immer mit den Fotos.

Der hat dann ein USB-Stück.

Wir suchen die schönsten Erinnerungen raus.

Ich trage das Ding in den Fotoladen.

Da lasse ich die Bilder entwickeln.

Das ist mir sicherer.

Letztes Jahr habe ich bestimmt
200 Bilder ausgesucht.

Von der kleinen Lisbeth.

Ilses Frankfurter Kranz an ihrem Geburtstag.

Das Buffet bei der Goldenen Hochzeit.

Und dann waren da noch die Fotos
von Prinzessin Kät und Prinz William!

Die waren nämlich in Berlin.

Erinnern Se sich noch?

Da war ich natürlich vor Ort und habe geknipst.
Ach, war das aufregend!

Wir standen in der ersten Reihe.
Ilse, Gertrud und ich.
Kät und William kamen ganz dicht ran.
Ich war so aufgeregt.
Mein Herz klopfte bis zum Hals!
Ich habe der Kät drei Paar Topf-Lappen geschenkt:
Eins für sie, eins für die Elisabeth
und eins für die Camilla.

Solche Erinnerungen will ich auf Papier haben.
Stellen Se sich vor,
dass der Computer Bakterien hat.
Und das dann alles weg ist!
Das geht so schnell, sagt der Stefan.
Deshalb darf ich auch nicht auf Links klicken,
wenn einer was schickt.
Würde ich nie machen.
Weder links noch rechts.
Ich lese nur. Sonst nix.
Stefan kriegt ja doch alles raus und schimpft.
Herrje.

Ja, und nach dem Papierkram muss man
an Silvester denken.
Der Kurt fängt an, im Schuppen zu kramen.

Dann weiß Ilse, dass er Knaller kaufen will.
Aber erst muss er einen sicheren Platz
dafür schaffen.
Kurt fährt dann ohne Murren zum Einkaufen.
Das einzige Mal im Jahr.
Weil er eben gerne bei den <u>Böllern</u> herumstöbert.

Für Silvester muss man alles beizeiten kaufen.
Der Herings-Salat und der Kartoffel-Salat
müssen gut durchziehen.
Und die <u>Bowle</u> auch.
Deshalb setze ich sie spätestens
am 30. Dezember an.

Mal eben schnell einen Korn
auf die Erdbeeren kippen?
Das ist nicht genug.
Die müssen schon richtig ziehen.
Es soll ja ein schönes Silvester werden.
Mit guter Stimmung, nich wahr?

Silvester

Wir schneiden die Bowle an
und schenken uns vom Karpfen ein.
Prosit Neujahr!

Das letzte Silvester war mal ganz anders als sonst.
Und zwar in den Bergen.
Mal ohne Geböller, Herings-Salat
und „Schneewalzer" um Mitternacht.
Jedes Jahr das Gleiche!

Im Grunde ist ja Gertrud schuld,
dass wir verreist sind.
Also eigentlich nicht Gertrud, sondern Norbert.
Ihr Dober-Schnauzer.
Er ist ein riesiges Tier.
Trotzdem hat er Angst vor Gewitter.
Und vor dem Geböller an Silvester erst recht.

Vor zwei Jahren saß er den ganzen Abend
unterm Tisch.
Da hat er nur gewimmert
und Gertruds Hand geleckt.
Ja, und deshalb will ich ganz ehrlich sein:
Auf eine Feier mit dem Hund hatte ich keine Lust.
So lieb das Tier auch sein mag.
Ich will ihn nicht mit am Tisch.

Deshalb hab ich mit Ilse gesprochen.
Einfach ohne Gertrud feiern ging ja auch nicht.

Wissen Se, wir kennen uns schon von ganz früher.
Da kann man sie nicht einfach übergehen.
Aber Ilse hat immer eine Lösung.
Sie hat eben studiert.
Das merkt man gleich.

Ilse überlegte kurz und schlug eine Reise vor.
Eine schöne Busfahrt in den Harz.
Das ist nicht so weit weg.
Und Gertrud würde nicht mitkommen können.
Der Hund darf ja nicht in den Bus.

Das war ein guter Plan.
Wir würden verreisen.
Ohne Hund am Tisch.
Gertrud würde es einsehen
und es uns nicht nachtragen.
Sie würde ja auch nicht alleine feiern.
Der Gunter wäre ja da.

Gesagt, getan.
Im Reisebüro suchten wir uns
eine hübsche Fahrt aus.
Man kann das ja heutzutage auch
im Interweb machen.

Aber mit Geld und bezahlen mache ich da nichts.
Einmal falsch geklickt
und schon bekommt man alles Mögliche.
Jede Woche neue Klingeltöne aufs Händi.
Oder irgendein Plastikzeug,
aus dem man was basteln kann.
Klicks, Sie wissen schon!
Nicht mit Renate Bergmann!

Nee, wir sind gleich zu
„Senioren-Reisen GOLD" gegangen.
Da hat uns die nette Dame ein Hotel rausgesucht.
Und eine Busfahrt dazu.
Arzt an Bord und Reiseleiter.
Auf den Arzt hat Ilse bestanden.
Im Grunde ist das Quatsch.
Wir fahren ja auch mit Kurt im Koyota ohne Arzt.
Und da wäre er eigentlich nötiger als im Bus.
Der Busfahrer sieht bestimmt noch besser als Kurt.

Wo war ich? Ach ja.
Zu Silvester sollte es einen Ball geben im Hotel.
Mit Büffet und Tanz.
Das Reisebüro hat extra gefragt,
ob die nicht nur so Bumsmusik spielen.
Das Hotel sagte, es sei ja eine Senioren-Reise.
Und dass die Kapelle „Herbert Wienert
und die Bröckensteiner Musikanten" heiße.

Die würden auch was auf Wunsch spielen.
Da konnte man nicht meckern.

Wir buchten also für vier Personen.
Ein Doppel-Zimmer für Kurt und Ilse.
Zwei Einzel-Zimmer für Erwin Beusel und mich.
Erwin ist ein lieber Freund.
Und ein netter Gesellschafter.
Aber mehr nicht.
Denken Se da nicht was Falsches!
Deshalb auch die Einzel-Zimmer.
Man will ja kein Gerede.

Ach, es würde ein schönes Silvester werden.
Endlich ohne den ewigen Herings-Salat.
Ohne Kurts Böller.
Und ohne Hund.
Ich wollte Gertrud gleich
von unseren Plänen erzählen.
Also fuhr ich nach dem Reisebüro zu ihr hin.
Norbert bellte im Flur, als ich klingelte.
Als ob ich ein Einbrecher wäre.
Das macht der nur bei mir.
Bei Verbrechern würde er sich
noch zum Kraulen hinlegen.

Gertrud öffnete und Norbert pullerte
ein bisschen in den Flur.

Verstehen Se jetzt, warum ich das Tier
nicht dabeihaben will?
Ich wollte Gertrud gleich erzählen, was Sache ist.
Ohne Drumrumreden.

„Gertrud, mein Mädchen", sagte ich.
„Wir wollen dieses Jahr mal raus zu Silvester.
In den Harz, mit dem Bus.
Immer dasselbe, du kennst das ja.
Kurt kriegt den Karpfen nicht tot.
Ilse verträgt die Bowle nicht.
Und um Mitternacht schlafen alle ...
Nee, da wollen wir mal raus.
Was erleben.
Schade, dass Norbert nicht mit in den Bus darf.
Und dass du darum nicht mitkommen kannst.
Ja, so ein Tier bindet einen doch ans Haus.
Dabei ist die Fahrt nicht mal teuer.
Keine 400 Euro pro Nase."

Ich war so froh, dass ich einfach
gleich alles gesagt habe.
Jetzt noch einen Tee
und dann würde ich wieder gehen.
Gertruds Tränen wollte ich nicht sehen.
Doch Gertrud reagierte ganz anders als erwartet.
Kein: „Wie kannst du mir das nur antun?"
Kein: „Wie könnt Ihr mich nur hier sitzen lassen?"

68

Wissen Se, was sie gesagt hat?
„Das ist aber eine feine Idee!
Mensch, Renate!
Warum bin ich da nicht schon längst
drauf gekommen?
Ich buche gleich ein Zimmer!
Und dann kommen der Gunter und ich
mit dem Auto. Mit Norbert.
Ach, das wird eine Freude!
Silvester in den Bergen!
Renate! Das habe ich das letzte Mal
in den 60er-Jahren gemacht!"

Damit hatte ich so gar nicht gerechnet.
Ach du liebes bisschen!
Hoffentlich lehnte das Hotel Hunde ab.
Sonst hätten wir den Salat.
Und wenn ich jemandem vom Hotel
eine Flasche Korn versprechen würde?
Vielleicht würde er dann den Hund ablehnen?

Am nächsten Tag spazierte Gertrud ins Reisebüro.
Mit Norbert.
Die Mitarbeiterin gab Norbert eine Schale Wasser.
Sie war ganz vernarrt in das Tier!
Die Frau rief das Hotel an
und buchte ein Doppel-Zimmer.
Für Gertrud, Gunter und Norbert.

Dazu einen Parkplatz und ein extra Menü
für den Hund zu Neujahr.
Sie zahlten 100 Euro weniger als wir.

Ich war verärgert.
Aber es war nun mal so.
Der liebe Gott straft kleine Sünden sofort.
Zum Glück hatte Gertrud nicht gemerkt,
dass wir sie nicht mitnehmen wollten.

* * *

Am 29. Dezember sollte es losgehen.
Wir haben eine Abholung von zu Hause bestellt.
Um sieben sollte der Fahrer kommen.
Ich saß ab kurz vor sechs im Mantel
neben meinem Koffer.
Zwischendurch zog ich
die Thrombose-Strümpfe hoch.
Ich kontrollierte, ob der Herd aus war.
Und ich wischte mit dem Staubtuch
über den Schrank.
Eine Renate Bergmann sitzt nicht einfach nur rum.

Um zehn vor sieben war der Fahrer
immer noch nicht da.
Furchtbar, die jungen Leute.
Immer auf den letzten Drücker!

Zwei Minuten vor sieben kam das Auto um die Ecke.
Erwin saß schon drin.
Wir wollten gerade losfahren,
da stieg ich doch noch mal aus.
Ich musste sichergehen, dass alles aus war.
Wissen Se, sonst hat man ja keine Ruhe im Urlaub!

Nach einer guten halben Stunde
fuhren wir weiter zu Ilse und Kurt.
Die standen natürlich schon mit Mantel vor der Tür.
Sie schauten zur Uhr.

„Hast du den Herd aus, Ilse?", fragte ich gleich.
Sie wollte schon hochlaufen.
Doch Kurt hielt sie ab.
„Ilse! Wir haben zweimal geguckt!
Und sogar die Sicherung rausgedreht!",
schimpfte er.
Aber Ilse ging doch noch mal ins Haus.

Unser Fahrer war ungefähr 50.
Jung genug, um noch gut sehen zu können.
Und alt genug, um gut
mit aufgeregten Omis umgehen zu können.
„So, meine Damen", sagte er.
„Die Herde sind aus.
Der Hahn zur Waschmaschine ist zu.
Lassen Sie uns fahren."

Ilse wurde blass.

„Der Hahn!", rief sie.

„Den habe ich nicht kontrolliert!"

Doch Kurt sagte ganz entschieden:

„Fahren Se. Das Wasser ist aus."

Der Bus stand schon zum Einsteigen bereit.

Unser Fahrer bekam ein gutes Trinkgeld.

Ich ließ mir seine Visitenkarte geben.

Denn ich hatte noch was anderes mit ihm vor.

Die Leiterin vom Chor braucht dringend
einen Mann, wissen Se.

Aber dazu musste ich mit ihm allein reden.

Wenn wir wieder zurück sein würden. Hihi.

Kurt hatte eine große Tasche dabei.

Ich kenne Kurt.

Der hatte bestimmt Böller mitgenommen.

Von Ilse bekommt er nur wenig Taschengeld.

Aber er spart immer was.

Und manchmal verdient er sich was dazu.

Dann fährt er alte Damen zur Fußpflege und so.

Hauptsache, die Böller gehen nicht im Bus hoch!

Der Busfahrer hatte eine Weste,
Glatze und Schnauzbart.

Er stand neben dem Einstieg und brummte:

„Erst die Füße abtreten!"

Kein „Schönen guten Tag" oder
„Schön, dass Sie mit uns reisen".

Das Einsteigen ist gar nicht so einfach,
wenn man eine neue Hüfte hat.
Wir halfen uns gegenseitig.
Dann suchten wir uns schöne Plätze.
Zwei Bänke hintereinander.
Der Bus fuhr pünktlich los.
Alles war vom Feinsten.
Da konnte man nicht meckern.
Die Toilette war sauber.
Es gab sogar Onlein.
Ohne Kabel oder Passwort!

Wenn nur der Busfahrer nicht gewesen wäre.
Der hielt gleich einen langen Vortrag,
was alles verboten ist.
Nicht essen, keinen Kaugummi und nicht singen.

Wir fuhren schon gute zwei Stunden,
bis Ilse sich beruhigt hatte.
Sie ist immer sehr aufgeregt vor Reisen.
Dann muss sie ständig austreten.
Hinzu kommt, dass sie nicht rückwärts fahren kann.
Lesen geht auch nicht.
Und aus dem Fenster gucken auch nicht.
Sonst übergibt sie sich.

Deswegen hatten wir sonst immer Tüten dabei.
Leider hatten wir sie dieses Mal vergessen.
Ilse war sauer auf Kurt.
Der hätte die Tüten mitnehmen sollen.
Ilse regte sich so auf, dass sie ihre Übelkeit vergaß.
Ihre Reise-Pillen wirkten auch langsam.
Sie schlief ein.

Erwin und ich aßen heimlich was.
Der Busfahrer hätte bestimmt nichts gemerkt,
wenn Erwin nicht ein Stück Eierschale
hätte fallen lassen.
„Wieso dürfen die denn essen?", rief gleich einer.
„Ich will auch eine Stulle!"
Das war zu viel für den Herrn Busfahrer.
Er bremste scharf und hielt an.
Mitten auf der Autobahn!
Da darf man gar nicht halten.
Das weiß ich genau.

Der Busfahrer kam mit Handfeger und Müllschippe.
„Auffegen! Aber sofort!", rief er.
Aus der Toilette holte er noch
so ein Putz-Spray und einen Lappen.
„Damit nachwischen!", schimpfte er.
Er schimpfte so laut, dass Ilse aufwachte.
Die Arme litt für ein paar Minuten Todesängste.
Sie dachte, dass der Bus entführt war.

Ich machte sauber und hielt meinen Mund.
Ich habe nicht den Krieg überlebt,
um auf der Autobahn rausgeschmissen zu werden.

Ohne Pannen kamen wir im Hotel an.
Ich stieg heimlich hinten aus.
Dann brauchte ich den Busfahrer nicht zu sehen.
Wir mussten uns in der Reihe aufstellen
und auf die Koffer warten.
60 Rentner, die ihre Reisetasche
und ihre Zimmer-Schlüssel haben wollen.
Da war was los!
Wir stellten uns an den Rand.
Schließlich hatten wir gebucht.
Unsere Zimmer-Nummern standen
in den Unterlagen.

Ach, die Zimmer waren sehr hübsch.
Man konnte nicht meckern.
Tisch und Stuhl und Bett.
Was man eben so braucht.
Jeder hatte sein eigenes kleines Badezimmer.
Denken Se sich das nur!
Sogar Handtücher vom Hotel waren da.
Aber ich hatte natürlich
meine eigenen mitgebracht.
Die vom Hotel machten sich gut,
um den Weg von der Wanne zum Bett auszulegen.

Man weiß ja nie, wer vorher
auf dem Teppich rumgelaufen ist.

Erwin hatte das Zimmer neben mir.
Gertrud und Gunter durften Norbert
mit aufs Zimmer nehmen.
Der bekam eine Wasser-Schale
und einen großen Fressnapf.
Das Hotel war sehr bemüht um das Tier.

Es war eine ruhige Gegend.
Von Berlin kannte ich das nicht.
Oder warten Se:
Nur vom Friedhof. Hihi.

Im Keller gab es ein Schwimmbad.
Aber ich sage Ihnen:
Mit 60 Rentnern ist das Wasser hinterher
zwei Grad wärmer.
Das ist nichts für mich.

Zu Hause in Spandau, ja.
Da gehe ich jede Woche zum Aqua-Turnen.
Fräulein Tanja macht zünftige Musik an
und schreit: „Und eins, und zwei ..."
Wir klemmen uns so eine Gummiwurst
zwischen die Beine.
Ach, das ist immer nett.

Am Silvestertag war die Aufregung groß.
Wir ruhten am Mittag alle ein Stündchen.
Bis spät wachbleiben ist in unserem Alter
so eine Sache.
Normalerweise lege ich um neun die Zähne ins Glas.
Dann stelle ich die Heizdecke an,
sodass ich um zehn ins Bett kann.

Nach der Mittagsruhe haben Ilse und ich
unsere Haare gemacht.
Wir haben uns gegenseitig Wickler eingedreht.
Man will ja ordentlich frisiert sein
an so einem Festtag.
Gertrud wollte nicht.
Sie war eben schon immer ein wenig liederlich.

Ich musste an das vergangene Silvester denken:
Als Ilse und ich uns die Haare machten,
hörten wir Gepolter aus der Küche.
Wir sind natürlich gleich hin.
Kurt war die Kornflasche umgekippt.
Aber auslaufen konnte nichts mehr.
Denn sie war schon leer.
Um den Tisch saßen Stefan, Kurt und Erwin.
Sie tranken sich Mut an,
um den Karpfen schlachten zu können.
Kurt konnte nicht, weil er schlechte Augen hat.
Stefan war übel.

Und Erwin hatte plötzlich Arthrose in den Fingern.
Nee, ich sage Ihnen: Männer!
Weicheier und Milchsemmeln!
Allesamt!

Wer hat den Karpfen geschlachtet?
Renate Bergmann!
Noch mit Wicklern im Haar.
Himmel, was hat die Ilse über mich gelacht.
Aber noch mehr über die Männer.

Heute gab es nicht viel zu tun.
Der Ball begann erst um acht.
Bis dahin guckten wir alle zusammen
„Dinner for Wonn".
Das mit der alten Frau
und dem betrunkenen Engländer.
Als es fast acht war, fing Norbert zu winseln an.
Hunde haben ja ein Gespür dafür,
wenn sie alleine bleiben sollen.
Gertrud und Gunter blieben dann erst mal
doch beim Hund.
Erwin, Ilse, Kurt und ich gingen schon mal vor.

Das Hotel hatte sich viel Mühe gegeben.
Alles war hübsch dekoriert und eingedeckt.
Überall waren Girlanden und Luftschlangen
und Luftballons.

Die Kapelle war noch nicht da.
Die stecken im Schneesturm,
sagte der Hotelchef.
Dabei war gar kein Sturm.
Die hatten bestimmt zu viel Bowle getrunken.

Gegen zehn sahen die vom Hotel das auch ein.
Sie ließen uns Witze erzählen
und Eierlaufen machen.
Mein Witz ging so:
Kommt eine Frau in die Bäckerei und sagt:
„Ich möchte gerne Rumkugeln."
Da guckt die Verkäuferin erschrocken und sagt:
„Aber nicht bei uns im Laden!"

Ach, der Pfarrer hatte den mal
beim Kirchenkaffee erzählt.
Da musste ich so lachen.
Hier lachte niemand.
Aber das war mir egal.

Wissen Se, als Preis für die Damen
gab es eine Flasche Sekt.
Und darauf kann ich gut verzichten.
Ich habe ja meinen Korn.

Für die Herren war der Preis
ein Küsschen vom Fräulein an der Rezeption.

Da hätten Se mal Kurt und Erwin sehen sollen.
Wie die mit dem Ei auf dem Löffel rumgeflitzt sind!
Sonst kriegen die kaum die Füße hoch.
Ilse und ich schüttelten nur mit dem Kopf.

Wir holten abwechselnd Essen vom Büffet.
Damit versorgten wir auch Gertrud und Gunter
auf dem Zimmer.
Heimlich Essen einstecken kann ich gut.
Wissen Se, ich habe einen Kuchenvorrat
für Monate in der Tiefkühl-Truhe.
Alles auf Beerdigungen eingesteckt.

Gunter hörte auch, dass es Kuchen gibt.
Da ist er gleich mit runter.
Der ließ Gertrud und Norbert einfach sitzen.
Nee, ich sage Ihnen. Männer.
Kennen Se Erwin, Kurt und Gunter,
kennen Se alle auf der Welt.

Im Prospekt hatte gestanden,
dass es Karpfen und Herings-Salat gibt.
Und Krapfen zu Mitternacht,
die ja in Wirklichkeit Berliner heißen.

Aber nee, davon war nichts zu sehen.
Kalte Platten mit Wurst und Schinken und Salat.
Und auch eine Gulasch-Suppe.

Ilse und ich pendelten jetzt immer
zwischen Festsaal und Gertruds Zimmer.
Norbert hatte Angst,
aber auch einen guten Appetit.
Er fraß einen Teller nach dem anderen leer.
Da hätte mal einer kommen sollen
und was sagen sollen.
Wir hatten ja für alles bezahlt.
Auch für die Musikanten, die Gott weiß wo waren.

Irgendwann blieben Ilse und ich bei Gertrud.
Wir Damen machten es uns nett.
Sollten die Männer Eierlauf machen.
Uns war es egal.
Die vergaßen sogar ihre Böller.
Aber auch ohne Kurts Böller lärmte es
um uns herum.
Immer lauter.
Ihnen kann ich es ja sagen:
Norbert brauchte einen Korn.
Und wir nahmen auch gleich einen nach.

„Es ist doch kein Silvester ohne selbst gemachten
Herings-Salat!", sagte Ilse plötzlich.
Sie holte eine Plastikdose raus.
Gertrud lachte.
„Wartet mal", sagte sie
und holte Wiener Würstchen aus dem Schrank.

Ach, wir lachten, sage ich Ihnen.
Ilse und Gertrud mussten sogar die Brillen putzen.
Wir machten die Würstchen
im Wasser-Kocher heiß.
Ilse füllte den Herings-Salat auf Teller vom Büffet.
Norbert sprang winselnd herum.
Und ich dachte so bei mir,
dass es doch verrückt war:
Wir wollten weg in die Berge,
um mal was anderes zu erleben.
Und jetzt war fast alles so wie immer.

Bis auf den Schneewalzer.
Aber den hatte ich doch auf dem Telefon!
Liebe Zeit, dass ich daran nicht gedacht hatte!
Ich machte die Musik ganz laut.
In der Ferne läuteten die Kirchen-Glocken.
Überall blitzte und donnerte es.
Ich hakte meine Freundinnen unter.
Gemeinsam sangen wir „Den Schnee-, Schnee-,
Schnee-, Schneeeeewalzer tanzen wir …"

Irgendwann ging die Tür auf.
Kurt, Erwin und Gunter kamen herein.
Jeder hatte zwei Glas Sekt in der Hand.
„Erwin hat gewonnen", brummelte Kurt.
Aber alle drei hatten verschmierten Lippenstift
auf den Wangen.

Ich reichte feuchte Reinigungs-Tücher.
Dann putzten wir die Männer sauber.
Weil sie jetzt schön nach 4711 dufteten,
bekamen sie von uns auch einen Schmatz.
Kurt und Gunter von Ilse und Gertrud
auf den Mund.
Erwin von mir auf die Wange.
Eine Renate Bergmann weiß,
wo sie ihre Grenzen setzt.

„Frohes neues Jahr!",
prosteten wir uns gegenseitig zu.

Und ich dachte:
Nächstes Jahr feiern wir wieder zu Hause.
Da habe ich mehr Ruhe und kann gucken,
ob ich den Herd ausgestellt habe.

Wörter-Liste

Seite 7: Se
Berlinerisch für: Sie

Seite 8: Witwe
Frau, deren Ehemann gestorben ist

Seite 8: Spandau
Stadtteil von Berlin

Seite 8: Sippe
Familie, Verwandtschaft

Seite 11: Tarot-Karten
Besondere Karten mit Bildern. Jede Karte hat eine Bedeutung. Wahrsager behaupten, sie können mit Tarot-Karten die Zukunft voraussagen.

Seite 11: Rommee
ein Karten-Spiel

Seite 11: Konfekt
Süßigkeiten; Pralinen

Seite 11: Pfennig
Früher gab es anderes Geld in Deutschland, statt Euro und Cent hieß es Mark und Pfennig.

Seite 12: Dober-Schnauzer
Fantasie-Wort für: Mischlings-Hund,
halb Dobermann und halb Schnauzer

Seite 12: Lebens-Abschnitts-Gefährte
Partner für eine bestimmte Zeit im Leben

Seite 13: Einlege-Gurken
Gurken, die sauer eingelegt werden, um sie haltbar
zu machen

Seite 13: oller Zausel
Berlinerisch für: merkwürdiger Mann

Seite 14: Aktenzeichen XY
Fernsehsendung, in der Verbrecher gesucht werden

Seite 17: Zucker haben
Diabetes oder Zucker-Krankheit haben

Seite 17: Interweb
Fantasie-Wort für: Internet

Seite 17: Imehl
Fantasie-Wort für: E-Mail

Seite 18: 200 Puls haben
Ausdruck für: sich sehr aufregen

Seite 18: Pankow
Stadtteil von Berlin

Seite 19: Hotten-Totten-Musik
abwertender Ausdruck für moderne Musik,
zum Beispiel Pop oder Rock

Seite 20: Schweinkram
Dinge, die mit Sex zu tun haben

Seite 20: Moral
anständiges, ordentliches Verhalten

Seite 21: Pfefferspray
ätzendes Spray zur Verteidigung gegen Angriffe

Seite 21: Händi
Fantasie-Wort für: Handy

Seite 22: SM
eigentlich SMS, SM ist auch die Abkürzung für eine
bestimmte Form von Sex (aber das weiß Renate
Bergmann nicht)

Seite 22: Advents-Kalender
Kalender mit 24 Türchen, die man ab dem
1.Dezember öffnen darf. Hinter jedem Türchen
steckt eine Überraschung oder Schokolade.

Seite 23: vermuddelt
durcheinander

Seite 24: Plaste
Plastik

Seite 24: Eierpunsch
ein warmes Getränk mit Alkohol und Ei

Seite 25: Tiergarten
Ein großer Park mitten in Berlin. Auch der Name
eines Berliner Stadtteils.

Seite 25: Toten-Sonntag
Ein Sonntag im November, an dem man an die
Verstorbenen denkt.

Seite 27: Doktern
Berlinerisch für: Ärztin

Seite 27: Schwib-Bogen
Ein hölzerner Lichter-Bogen aus dem Erzgebirge
mit echten oder elektrischen Kerzen. Man stellt ihn
als Advents-Schmuck ins Fenster.

Seite 28: Waschweib
ein Schimpf-Wort für eine Frau, die neugierig ist
und viel rumerzählt

Seite 28: Bengel

frecher Junge

Seite 28: Puff

Anderes Wort für Bordell. Ein Haus, in dem Frauen Sex gegen Bezahlung anbieten.

Seite 29: Raum-Spray

Spray, um schlechte Gerüche im Zimmer zu vertreiben

Seite 29: Rouladen

Ein Gericht, bei dem man dünne Fleisch-Scheiben mit etwas füllt und dann aufrollt.

Seite 30: Luder

eine Frau, die auf gemeine Weise ihr Ziel erreichen will oder die dafür auch mal Tricks anwendet

Seite 30: Christ-Stollen

traditionelles Weihnachts-Gebäck, unter anderem mit Rosinen

Seite 34: Tutu

Ballett-Röckchen (Aussprache: Tütü)

Seite 35: Schmuddel-Wetter

wenn es regnet, kühl und windig ist

Seite 37: Sissi
ein Film, den es immer zu Weihnachten im
Fernsehen gibt

Seite 37: Schackren
Manche Menschen glauben, dass es im Körper
sieben „Energie-Zentren" gibt, die Chakren.

Seite 42: Lufthansa
eine Flug-Gesellschaft

Seite 42: Gekläffe
wenn ein Hund bellt

Seite 44: Gassi
mit dem Hund rausgehen, wenn er muss

Seite 44: Fäßbock
Fantasie-Wort für: Facebook

Seite 45: Pampe
Mus, Brei

Seite 45: Frikassee
helles Fleisch in cremiger Soße

Seite 45: al dente
bissfest

Seite 47: Mongscherrie
Fantasie-Wort für: Mon Chérie, Konfekt-Marke mit
Alkohol und einer Kirsche

Seite 48: Fenster-Kitt
Dichtmasse zwischen Fenster-Scheibe und Rahmen

Seite 49: Kaffee-Kränzchen
wenn man sich zum Kaffee trifft und vor allem viel
miteinander redet

Seite 52: Schrankpapier
damit hat man früher Schränke ausgelegt, um die
Wäsche vor Holz-Splittern zu schützen

Seite 53: Bräute-Schule
Schulen im vorigen Jahrhundert, in denen Frauen
das Kochen, Putzen und Nähen lernten

Seite 53: Bürzel
der Teil eines Vogels, an dem die Schwanz-Federn
wachsen

Seite 55: Sensemann
der Tod, der als Mann mit Sense abgebildet wird

Seite 55: Tafel-Laken
Tischdecke

Seite 55: Gallseife
eine Seife zum Wäschewaschen, die besonders gut
saubermacht

Seite 55: Wurzel-Bürste
eine besonders starke Bürste zum Saubermachen

Seite 56: nur alle sieben Pfingsten
Ausdruck für: ganz selten

Seite 58: Koyota
Fantasie-Wort für: Toyota, eine Automarke

Seite 58: beschupsen
Berlinerisch für: betrügen

Seite 59: Papierzeug
Unterlagen, zum Beispiel wichtige Briefe oder
Verträge

Seite 59: Minus-Zinsen
wenn man Geld dafür zahlen muss, dass man sein
Spargeld bei der Bank hat

Seite 61: USB-Stück
Fantasie-Wort für: USB-Stick.
Ein kleines Gerät, auf dem man Daten aus dem
Computer speichern kann.

Seite 61: Frankfurter Kranz
eine Creme-Torte

Seite 61: Kät
Fantasie-Wort für: Kate, die Frau von Prinz William
(Enkel von Königin Elisabeth II.)

Seite 62: Elisabeth
Königin Elisabeth II. von England

Seite 62: Camilla
Camilla, Frau von Prinz Charles (Sohn und
Nachfolger von Königin Elisabeth II.)

Seite 62: Bakterien (Computer)
gemeint sind Computer-Viren,
also Programme, die Schaden auf dem Computer
anrichten können

Seite 63: Böller
Feuerwerk

Seite 63: Bowle
ein Getränk mit Alkohol und Obst

Seite 64: Geböller
Krach, Geknalle,
hier: Feuerwerk zu Silvester

Seite 78: Dinner for Wonn
Fantasie-Wort für: „Dinner for One".
Das ist eine bekannte Fernseh-Sendung,
die immer an Silvester gesendet wird.

Seite 79: Rumkugeln
eine Art Praline mit Schoko-Krümeln

Seite 80: Krapfen
Gebäck, das man oft zu Silvester isst.
Je nach Region nennt man es auch Pfannkuchen
oder Berliner.

Seite 83: 4711
ein bekanntes Duftwasser, das ältere Leute oft
verwenden

Seite 83: Schmatz
Kuss